*Se taire : l'avancée en solitude, loin de dessiner une clôture,
ouvre la seule et durable réelle voie d'accès aux autres,
à cette altérité qui est en nous et qui est dans les autres,
comme l'ombre portée d'un astre solaire, bienveillant.*

Christian Bobin

Juin • 300 kilomètres entre la **Solitude** et la **Compagnie** (en passant par le Bonheur)

KM0

« celui qui marche entre la solitude et la compagnie • La Solitude. Commune de Lodève (Hérault). Larousse : « Solitude : état d'une personne seule. Caractère d'un lieu isolé. » qui marche entre la solitude et la cor

Je suis allé de la Solitude à la Compagnie à pied. La Solitude est un hameau situé dans l'Hérault. La Compagnie est un lieu-dit situé dans l'Aveyron. 300 kilomètres les séparent ; je les ai parcourus à pied, au plus près d'une ligne droite tracée sur la carte.

Je n'étais pas totalement en paix avec cet itinéraire. La Compagnie est-elle le plus légitime des opposés à la Solitude ? Et, en même temps, le plus crédible des compléments ? Et s'il n'y avait personne à la Compagnie ? Et cette idée de passer par le Bonheur ? Pourquoi ce détour sur la carte ? Comment puis-je prendre autant de liberté avec l'idée d'une ligne droite parfaite ? Seul compte le chemin, paraît-il. Nous verrons bien.
J'ai donc marché dans les vallées cévenoles depuis la Solitude, arpenté les Grands Causses et erré dans le brouillard du massif de l'Aigoual. J'ai lutté contre une très sérieuse dépression méditerranéenne butant sur le versant oriental de la ligne de partage des eaux, avant d'en trouver une autre d'origine océanique campée sur son versant ouest, et tout aussi gorgée d'énergie. J'ai trouvé le Bonheur dans une haute vallée humide, mais à peine l'avais-je trouvé qu'il disparaissait dans un gouffre insondable. J'ai traversé le Trévezel, la Dourbie, le Tarn, l'Aveyron encore gonflés par les pluies de printemps. J'ai entendu les éoliennes sur les crêtes du Lévézou, essuyé les averses sur les contreforts du Ségala, guetté les trains dans les gorges de l'Aveyron. J'ai croisé le destin de Nicolas, d'Amandine, de Catherine, d'Ernest, de Sonia et Elsa, de Jocelyne, de Valérie, de Marcel, d'André, de François et Pooja, de Marilyne, de Laure, de Luc et de Jérôme. Je crois qu'ils ont croisé le mien, aussi. J'ai passé la nuit dans des fermes des Templiers, des cabanes de chantier, des bungalows ; dormi au son de la pluie, du vent hurlant, des chouettes et des grenouilles ; dans des lits petits, suspendus, *king size*. J'ai vu les mousses et les lichens, les genêts en fleurs et les coquelicots. Je suis allé plus loin, encore plus loin, toujours plus loin. Et je suis à arrivé à la Compagnie, dont les habitants m'expliquèrent que leur plus vif désir était, certes, de vivre à la Compagnie, mais aussi en autarcie. Il y avait donc une alternative entre Solitude et Compagnie, une sorte de solitude sociale, dont l'évocation ne fit qu'accentuer le désordre de mes idées, déjà troublées par ce Bonheur qui file sous terre…

KM8 · celui qui marche entre L'autoroute A75 près de Soubès. celui qui marche entre la solitude et la compagnie · celui qui marche entre la solitude et la compagnie · celui qui marche entre la solitude et la con

La Solitude. Km 0. **Nicolas se dit très pris, participe à la vie associative locale,** et se plaint du bruit de l'autoroute qui monte jusqu'à la Solitude. Il vit à la Solitude avec son épouse, professeur de yoga, qui y donne ses cours. Dans la cuisine, autour d'un verre d'eau, en la présence silencieuse de sa fille, adolescente. Store baissé. Cerises sur l'évier. De l'eau.

[Pour vous, que signifie l'expression « faire son chemin » ?]

Faire son chemin, c'est aller de l'avant sans ennuyer les autres et pouvoir vivre, décemment. C'est ça, ma philosophie du chemin.

[Je marche entre la Solitude et la Compagnie. Et vous, dans quel sens feriez-vous cette traversée ?]

J'irais vers la compagnie ! C'est ce que je fais tous les jours. Ma vie, c'est d'aller vers les gens.

[Je marche seul sur les chemins. Et dans la vie, on avance seul ?]

On n'est jamais seul. La solitude est impossible, sauf à vivre en ermite ; pour moi, la solitude n'est qu'un mal-être avec soi-même. D'ailleurs, on a toujours des relations avec les gens. C'est vrai que la solitudé permet de se ressourcer, mais un être normal a besoin de compagnie, de bonne compagnie. En vérité, on vit pour les autres… À vélo, par exemple, à plusieurs, on se coupe mutuellement le vent !

Km 30. **Amandine vit sur le plateau du Larzac.** Elle a choisi de s'y installer avec son ami. Ils viennent d'avoir un bébé. Amandine aime faire du cheval ; elle parcourt souvent le plateau, seule, pendant des heures, suivie par son chien. Chez elle, une maison médiévale. Bébé dans les bras d'Amandine. Fraîcheur et humidité des murs. Toute cette pluie, ce printemps.

[Pour vous, que signifie l'expression « faire son chemin » ?]

Faire son chemin, c'est faire des choix, et assumer ses choix. C'est aussi simple que ça, et en même temps, c'est très difficile. *(Rires.)*

[Je marche entre la Solitude et la Compagnie. Et vous, dans quel sens feriez-vous cette traversée ?]

J'irais de la Compagnie à la Solitude. Petit à petit, on a besoin de se retrouver.

[Je marche seul sur les chemins. Et dans la vie, on avance seul ?]

Oui. On est seul, ce qui n'empêche pas d'être bien, quand on a compris qu'on est seul, au fond, et qu'on le vit bien. On est seul aussi quand on a un bébé ; c'est très fort d'avoir un bébé mais on est seul quand même. *(Rires.)* Ce n'est pas triste car, pour moi, la solitude, c'est la paix ; et la compagnie serait plutôt la joie, mais aussi la fatigue. *(Rires.)* Ce ne sont pas les autres qui me fatiguent mais parfois, les autres, ça fait beaucoup… Vous savez, on pourrait croire que lorsque l'on a un bébé, on est plus seul ; mais, en réalité, ça ne change rien. On est seul, fondamentalement seul.

marche entre la solitude et la compagnie • celui qui marche entre la solitude et la compagnie • celui qui marche entre la solitude et la compagnie • celui qui marche entre la Larzac. et la compagnie • c

KM20

KM23

celui qui marche Larzac. solitude et la compagnie • celui qui marche entre la solitude et la compagnie • celui qui marche entre la solitude et la compagnie • celui qui marche entre la solitude et la co

Larzac. Vers La Couvertoirade.

KM34

KM40
celui qui marche

Vers le pic de Saint-Guiral. • celui qui marche entre la solitude et la compagnie • celui qui marche entre la solitude et la compagnie • celui qui marche entre la solitude et la com

Montagne du Lingas (massif de l'Aigoual).

KM44

KM46 qui marche Montagne du Lingas. la compagnie • celui qui marche entre la solitude et la compagnie • celui qui marche entre la solitude et la compagnie • celui qui marche entre la solitude et la

KM55 · celui qui marche Montagne du Lingas. la compagnie · celui qui marche entre la solitude et la compagnie · celui qui marche entre la solitude et la compagnie · celui qui marche entre la solitude et la co

arche entre la solitude et la compagnie • celui qui marche entre la solitude et la compagnie • celui qui marche entre la solitude et la compagnie • celui qui marche   Montagne du Lingas.   compagnie • ce

KM58

KM63 · celui qui marche Montagne du Lingas. la compagnie • celui qui marche entre la solitude et la compagnie • celui qui marche entre la solitude et la compagnie • celui qui marche entre la solitude et la co

marche entre la solitude et la compagnie • celui qui marche entre la solitude et la compagnie • celui qui marche entre la solitude et la compagnie • celui qui Massif de l'Aigoual. Vers l'Espérou. compagnie • ce

KM65

KM73

· celui qui marche entre la solitude et la compagnie · celui qui marche entre la solitude et la compagnie · celui qui marche entre la solitude et la compagnie · celui qui marche entre la solitude et la co

Abîme de Bramabiau. KM75

Km 85. Catherine est guide dans un célèbre gouffre des Causses. Elle passe sa journée dans l'obscurité le long de la rivière souterraine, une fois avec les touristes dans un sens, une fois seule dans l'autre sens. Dans le gouffre, au bord de la rivière souterraine gonflée par les pluies des derniers jours. Stalactites. Stalagmites. Et le grondement, terrible, de la rivière.

[Pour vous, que signifie l'expression « faire son chemin » ?]

Faire son chemin, c'est laisser les choses suivre leur cours. C'est comme ici où la rivière rejoint le Trévezel, puis la Dourbie, le Tarn, la Garonne et l'océan. On n'y peut rien, c'est son chemin. Et sur ce chemin, il y a des hauts et des bas, comme les crues de 1994 et de 2003.

[Je marche entre la Solitude et la Compagnie. Et vous, dans quel sens feriez-vous cette traversée ?]

C'est sûr que ce n'est pas la même chose de descendre avec les touristes que de remonter seule le long de la rivière. J'aime bien être seule dans le gouffre, je ne m'en lasse pas. Mais, si je le suis, c'est bien parce que je vais chercher les touristes ! Je ne me lasse pas non plus de tout leur montrer.

[Je marche seul sur les chemins. Et dans la vie, on avance seul ?]

La rivière suit son cours, elle ne remontera jamais à sa source. Les paroles des touristes ne couvriront jamais le bruit de la rivière.

KM81

• celui qui marche entre • Vallée du Bonheur. Le Bonheur. Larousse : « Bonheur : état heureux ». • et la compagnie • celui qui marche entre la solitude et la compagnie • celui qui marche entre la solitude et la ce

celui qui marche entre la solitude et la compagnie • celui qui marche entre la solitude et la compagnie • celui qui marche entre la solitude et la compagnie • celui qui Causse noir. Vers Lanuejols. et la compagnie • ce

KM90

Km 105. Ernest, 86 ans, partage sa vie entre sa maison du Causse noir et son petit appartement de Millau. Il fut ouvrier toute sa vie dans la même tannerie de Millau, au temps où cette industrie était florissante.

Sur le Causse, dans sa cuisine, chien à l'entrée. Toile cirée sur la table, petit lit bien bordé, carabine à son chevet. Vieilles photos et livret de famille sur la table.

[Pour vous, que signifie l'expression « faire son chemin » ?]

J'ai commencé à travailler à 14 ans. Puis j'ai fait pas mal de bêtises avec les filles, avant de rencontrer ma femme. Dès cet instant, j'ai filé droit, fidèle à ma femme, tout comme je courais tout droit sur le Causse pour aller à Millau sans prendre les routes ni les chemins.
Mais pourquoi est-ce que je vous raconte tout ça ?

[Je marche entre la Solitude et la Compagnie. Et vous, dans quel sens feriez-vous cette traversée ?]

Sur le Causse, mieux vaut ne pas avoir peur de la solitude. J'ai besoin de ma solitude, mais j'ai aussi besoin de compagnie. D'ailleurs, selon mon envie, je vis sur le Causse ou en ville. Mais on s'ennuie moins à la campagne qu'en ville. Ici, tout le monde se connaît.

[Je marche seul sur les chemins. Et dans la vie, on avance seul ?]

Le matin, je me lève, je fais mes petites affaires, je lis le journal, puis je déjeune ; c'est important de bien manger. Et je vais faire une sieste. L'après-midi, j'ai souvent de la visite, ou bien je vais marcher un peu. J'aime bien marcher. Parfois, on va même à la chasse. *(Une photo d'Ernest avec un groupe d'amis et leurs trophées de chasse est accrochée au mur, la même qu'au bar du village.)* Et puis le soir, je regarde la télévision. Je suis au lit à huit heures et demie. *(Silence.)*
J'ai retrouvé il y a quelques années une amie d'enfance… on aurait pu se remarier tous les deux, mais on a décidé de ne pas le faire : inutile d'être à deux pour repriser les chaussettes ! On peut vivre seul sans être seul… *(Silence.)* Mais pourquoi est-ce que je vous raconte tout ça ?

KM106

arche entre la solitude et la compagnie • celui qui marche entre la solitude et la compagnie • celui qui marche entre la solitude et la compagnie • celui qui marche entre la Causse noir. la compagnie • c

KM117 • celui qui m Vallée de la Dourbie. Camping abandonné. e • celui qui marche entre la solitude et la compagnie • celui qui marche entre la solitude et la compagnie • celui qui marche entre la solitude et la co

Km 120. **Sonia et Elsa ont perdu leur chemin.**
Elles arrivent de Toulouse pour travailler dans la région.
Elles travaillent dans l'action sociale.
Dans leur voiture, à un carrefour. Fenêtres ouvertes. Radio allumée. Carte sur les genoux.

[Pour vous, que signifie l'expression
« faire son chemin » ?]

C'est quand ça coule de source. Par exemple, une idée fait son chemin. Tout va bien quand on fait son chemin.

[Je marche entre la Solitude et la Compagnie.
Et vous, dans quel sens feriez-vous cette traversée ?]

– J'irais plutôt vers la compagnie. Quoique, alternativement, tantôt l'une, tantôt l'autre… *(Silence.)*
– Si j'avais un âne avec moi, j'irais bien vers la solitude. Mais là, je n'en ai pas… *(Silence.)*
– La compagnie, c'est un bon mot pour définir le groupe.
Il ne rend pas la solitude négative.

[Je marche seul sur les chemins.
Et dans la vie, on avance seul ?]

– Non. On n'est jamais seul, ni sur les chemins ni dans la vie. *(Silence.)*
– Alors, comme ça, vous allez vers la Compagnie ?

KM137 celui qui marche Viaduc de Millau. paradis • celui qui marche entre l'enfer et le paradis • celui qui marche entre l'enfer et le paradis • celui qui marche entre l'enfer et le paradis • celui qui marche entre l'enfer et

marche entre la solitude et la compagnie • celui qui marche entre la solitude et la compagnie • celui qui marche entre la solitude et la compagnie • celui qui marche entre Viaduc de Millau. compagnie

KM140

KM147

celui qui marche Vers Saint-Beauzély. la compagnie • celui qui marche entre la solitude et la compagnie • celui qui marche entre la solitude et la compagnie • celui qui marche entre la solitude et la com

celui qui marche entre la solitude et la compagnie • celui qui marche entre la solitude et la compagnie • celui qui marche entre la solitude et la compagnie • celui qui marche entre la Vers Azinières. compagnie •

KM148

KM149
celui qui marche   Vers Azinières.   et la compagnie • celui qui marche entre la solitude et la compagnie • celui qui marche entre la solitude et la compagnie • celui qui marche entre la solitude et la com

celui qui marche entre la solitude et la compagnie • celui qui marche entre la solitude et la compagnie • celui qui marche entre la solitude et la compagnie • celui qui   Villefranche-de-Panat. Le lac.

KM155

Km 175. **Jocelyne tient seule un petit hôtel-restaurant dans le Lévézou.** Elle souffre beaucoup du dos, souffrance qui rend l'exploitation de son établissement difficile. Elle est lasse. Elle veut vendre. Dans le bar. Formica, baby-foot, menu ouvrier. Personne.

[Pour vous, que signifie l'expression « faire son chemin » ?]

(*Silence.*) Faire son chemin, c'est prendre des années. (*Bâillement.*)

[Je marche entre la Solitude et la Compagnie. Et vous, dans quel sens feriez-vous cette traversée ?]

Vous savez, avec mes problèmes de dos, dans un sens comme dans l'autre, très peu pour moi ! J'aime bien marcher un peu, un ou deux kilomètres, mais les autres, je vous les laisse !

[Je marche seul sur les chemins. Et dans la vie, on avance seul ?]

Cet hôtel, je le tiens seule. Il n'y a plus personne ici, et cela fait longtemps que l'épicerie a fermé. D'ailleurs, les gens sont surpris de voir un hôtel dans un si petit village, sur une si petite route. En ce moment, j'ai des ouvriers qui travaillent à l'installation des éoliennes. Si j'ai un peu de monde, soit je me débrouille toute seule, soit j'appelle mon frère à l'aide pour faire la plonge, soit je ne prends pas les clients. C'est moi qui décide. (*Bâillement.*) Bon, sur ce, je vais étendre mon linge.

Km 191. **Valérie tient un camping-caravaning au bord d'un lac dans le Lévézou.** Elle a décidé de s'y installer il y a dix-huit ans avec son mari. Celui-ci est décédé quelques mois après leur installation, mais elle a décidé de rester et de tenir seule le camping.
Au comptoir du camping, le soir tard. Petite épicerie de secours. Comptoir en Formica. Clés au tableau.

[Pour vous, que signifie l'expression « faire son chemin » ?]

Faire son chemin, c'est vivre sa vie en évitant les problèmes. C'est apprécier la nature, apprécier la qualité de la vie, apprécier la tranquillité, apprécier les gens. Je ne vais pas vous raconter ma vie, mais… (*Silence.*) Ici, j'ai rencontré l'essentiel de la vie, que je n'avais rencontré ni en Normandie, où je suis née, ni à Paris, où j'ai vécu pendant quinze ans. Je suis veuve, je vis seule ici, je n'y ai pas de famille. Ma famille, c'est les gens, la communauté du village.

[Je marche entre la Solitude et la Compagnie. Et vous, dans quel sens feriez-vous cette traversée ?]

J'irais vers la compagnie. J'ai besoin de solitude pour me ressourcer. La solitude, c'est nécessaire, mais on a besoin des autres. Les gens d'ici m'ont accueillie ; ils m'ont soutenue, ils m'ont permis d'apprécier à nouveau la vie. Les gens d'ici. Pour moi, la solitude, c'est le chagrin, et la compagnie, c'est le bien-être.

[Je marche seul sur les chemins. Et dans la vie, on avance seul ?]

Non ! (*Silence.*) Non. On a ses idées, on va d'un point à un autre. Mais on a besoin de l'amour des autres pour avancer. On n'avance pas seul dans la vie.

Km 199. **Marcel, 80 ans, est berger et vit entre Lévézou et Ségala, avec son troupeau de deux cent quatre-vingts brebis.**
Sur la route, au milieu des brebis, sous le ciel menaçant de l'après-midi. Odeur des bêtes. Accent rocailleux. Les nuages, leur va-et-vient.

[Pour vous, que signifie l'expression « faire son chemin » ?]

Chacun suit son chemin. Moi, je suis agriculteur et fils d'agriculteur. Mon père est décédé quand j'avais à peine 20 ans, alors j'ai dû très vite reprendre l'exploitation : le choix a été vite fait ! On a beaucoup trimé, vous savez. On a acheté le tracteur en 1957. Le fumier, le blé, le fourrage, on ne le rentrait pas en trois jours comme maintenant !

[Je marche entre la Solitude et la Compagnie. Et vous, dans quel sens feriez-vous cette traversée ?]

Mon travail demande à coopérer avec les autres. On s'entraide entre voisins ; on ne compte pas nos heures. Avant, on mettait la moisson dans des sacs et ces sacs, il fallait les charger à bout de bras avec la fourche. Ils faisaient plus de cent kilos. Maintenant, ce sont des balles carrées qui pèsent jusqu'à deux cents kilos, mais on fait ça avec des machines. Mais ça coûte cher, les machines !

[Je marche seul sur les chemins. Et dans la vie, on avance seul ?]

Un berger n'est pas seul. J'ai mes brebis ; vous voyez, je vais les faire traverser parce qu'elles ont fini de brouter ce champ et qu'elles veulent aller dans le champ d'en face. Vous voyez les petits, là, ils ont moins d'un mois ; quand c'est la période des agnelages, on travaille encore davantage et… (*Et Marcel continue à parler de son travail sous le ciel menaçant de l'après-midi.*)

celui qui marche entre la solitude et la compagnie • celui qui marche entre la solitude et la compagnie • celui qui marche entre la solitude et la compagnie • celui qui marche   Plateaux de l'Aveyron.   compagnie •

KM207

KM230

Vallée du Viaur. Viaduc de Viaur. • celui qui marche entre la solitude et la compagnie • celui qui marche entre la solitude et la compagnie • celui qui marche entre la solitude et la che entre la solitude et la compagnie • celui qui marche entre la solitude et la compagnie • celui qui marche entre la solitude et la compagnie • celui   Vallée du Viaur, Route nationale 88.   compag

KM234

KM245

celui qui marche

Vallée du Viaur. Vers Pampelonne. • celui qui marche entre la solitude et la compagnie • celui qui marche entre la solitude et la compagnie • celui qui marche entre la solitude et la com

Km 229. André est charcutier itinérant. Il parcourt une partie de l'Aveyron à bord de sa camionnette rouge. Il va là où les commerces ont déserté les villages et reste une heure ou deux sur la place, sa camionnette bien calée, et jette nonchalamment des restes de viande aux chiens de passage.
Sur la place du village, en face du marchand de primeurs. Midi. Deux chiens au pied de la camionnette. C'est tout.

[Pour vous, que signifie l'expression « faire son chemin » ?]

Chacun fait son chemin ! Le mien, c'est d'être ici en ce moment et de vendre mes produits. J'ai 70 ans ; mon chemin, c'est de continuer ce que j'ai toujours fait.

[Je marche entre la Solitude et la Compagnie. Et vous, dans quel sens feriez-vous cette traversée ?]

Moi, je n'aime pas marcher. Alors je ne ferais votre trajet ni dans un sens ni dans l'autre. Ce n'est pas trop dur de marcher comme ça, tout seul ?

[Je marche seul sur les chemins. Et dans la vie, on avance seul ?]

Je suis seul dans ma camionnette mais, quand j'arrive quelque part, je connais tout le monde. Alors on peut dire que je fais partie du paysage !

Vallée du Viaur. Près de Montirat.

KM272

celui qui marche   Vallée du Viaur.   et la compagnie • celui qui marche entre la solitude et la compagnie • celui qui marche entre la solitude et la compagnie • celui qui marche entre la solitude et la com

Km 281. **François vit en Inde.** Il revient régulièrement en France parce que, dit-il, c'est le plus beau pays du monde. Il y aime marcher sur les chemins.
Sur le chemin, dans la forêt, au bord de l'Aveyron gonflé par les pluies de printemps : orties, odeur de la forêt humide. Pas de vent.

[Pour vous, que signifie l'expression « faire son chemin » ?]

Faire son chemin, c'est tout ce qu'il y a entre la naissance et la mort. C'est tout ce qui concerne nos existences. Faire son chemin, c'est toute une vie, chaque instant toujours différent. C'est une avancée constante.

[Je marche entre la Solitude et la Compagnie. Et vous, dans quel sens feriez-vous cette traversée ?]

Si on est vraiment bien à la solitude, on va sans problème à la compagnie. Mais cela me paraît plus difficile d'aller dans la solitude, si l'on se sent trop bien dans la compagnie. C'est bon de faire des allers-retours. Et c'est très bon de se sentir bien à la solitude. Après on est bien partout. *(Silence.)* À ce moment de ma vie, la solitude est une grande joie. C'est quelque chose d'habité, ce qui rend la compagnie moins nécessaire, plus superflue. Mais cela peut changer à tout moment.

[Je marche seul sur les chemins. Et dans la vie, on avance seul ?]

On est intimement seul mais profondément accompagné… Le chemin intérieur se fait seul mais, paradoxalement, on ne peut pas le faire sans les autres ; on est à la fois habité par la solitude, et accompagné par l'omniprésence de l'autre, des autres. *(Silence.)* Il me semble que le moteur du chemin, c'est l'amour, et cet amour a besoin des autres.

Km 281. **Pooja est une jeune femme indienne.**
Elle connaît bien la France où elle réside en ce moment ; elle y donne des cours de danse indienne. Pooja parle parfaitement français, ainsi que quatre autres langues.
Sur le chemin, François parti marcher devant. Les orties, encore. La forêt humide, toujours. Et toujours pas de vent.

[Je marche entre la Solitude et la Compagnie.
Et vous, dans quel sens feriez-vous cette traversée ?]

Je crois que j'irais dans le même sens. Et même de la compagnie à la compagnie. La solitude, cela peut être une philosophie parce que l'on a besoin d'être seul, parfois mais, finalement, c'est quelque chose que je ne connais pas. Quant à la compagnie, c'est l'histoire de l'homme. On n'est jamais seul ; on peut être accompagné par des souvenirs, des liens intimes qu'on a en nous.

[Pour vous, que signifie l'expression
« faire son chemin » ?]

Faire son chemin, c'est déjà ne pas faire le chemin de quelqu'un d'autre. *(Rires.)* C'est quelque chose que l'on ne décide pas, qui est déjà désigné. Je sais quel est mon chemin, et donc je le suis, mais ce n'est pas moi qui l'ai choisi.

[Je marche seul sur les chemins.
Et dans la vie, on avance seul ?]

Oui. Dans la mesure où l'on avance seul, individuellement, physiquement. Mais en même temps, sans les autres, on ne pourrait pas avancer. On avance seul, mais ce sont les autres qui nous donnent des repères. On a besoin d'être seul pour réfléchir, mais on a besoin des autres comme balises ; c'est grâce aux autres que l'on trouve, seul, des réponses. Et, au final, c'est cette combinaison qui fait avancer.

celui qui marche entre la solitude et la compagnie • celui qui marche entre la solitude et la compagnie • celui qui marche entre la solitude et la compagnie • celui qui marche

Gorges de l'Aveyron.   **KM290**   compagnie • c

La Compagnie. Km 300. Marilyne et Jérôme, Laure et Luc habitent à la Compagnie depuis quatre ans. Chacun parent de deux enfants, les deux couples possèdent quelques chevaux. Ils vivent dans deux maisons mitoyennes, qu'ils rénovent et agrandissent : c'est un projet de vie partagé. Pour eux, la Compagnie est un rêve d'autarcie et un projet collectif.

Sur la terrasse. Autour d'un café. Avec les enfants.

KM300

[Pour vous, que signifie l'expression « faire son chemin » ?]

(Silence.)
– C'est aller d'un endroit à un autre ; commencer au départ et finir à la fin. (Rires.)
– Pour nous, en ce moment, c'est agrandir ces maisons.

[Je marche entre la Solitude et la Compagnie.
Et vous, dans quel sens feriez-vous cette traversée ?]

– C'est pour rire, cette question ? *(Rires.)*
– De droite à gauche ? De haut en bas ? *(Rires.)*
– La solitude, cela peut être bon, mais moi, j'irais plutôt
de la compagnie à la compagnie.
– Moi, je pense qu'il faut les deux ; il faut des allers-retours.
– Nous, on a choisi de vivre entre nous, à la Compagnie…
et en autarcie. *(Rires.)*
– Et au bout du monde, vous n'êtes pas passé au bout du monde ?
Ce n'est pas très loin d'ici.

[Je marche seul sur les chemins.
Et dans la vie, on avance seul ?]

– On peut avancer seul, mais c'est mieux à deux…
– Cela serait dommage d'avancer seul…
– Oui, c'est triste d'avancer seul… *(Silence.)*
– C'est une question qu'on vous pose, d'ailleurs !

KM300

La Compagnie. Commune de Vailhourles (Aveyron). Larousse : « Compagnie : présence d'une personne, d'un être animé, auprès de quelqu'un. Réunion de personnes. »

© le cherche midi, 2008
23, rue du Cherche-Midi, 75006 Paris
Vous pouvez consulter notre catalogue général et l'annonce de nos prochaines parutions
sur notre site Internet : cherche-midi.com

Conception graphique : Corinne Liger
Photogravure : Atelier Édition
Imprimé en France par Pollina - L48454E
Dépôt légal : octobre 2008
N° d'édition : 1312
ISBN : 978-2-7491-1312-8